FINNISH NIGHTMARES
by Karoliina Korhonen

First published by Atena Kustannus, Finland

이 도서의 국립중앙도서관 출판예정도서목록(CIP)은
서지정보유통지원시스템 홈페이지(http://seoji.nl.go.kr)와
국가자료공동목록시스템(http://www.nl.go.kr/kolisnet)에서 이용하실 수 있습니다.
(CIP제어번호: CIP2019001582)

핀란드에서 온 마티

소심한 개인주의자를 위한 소셜 가이드 1

카롤리나 코로넨 글·그림 | 페트리 칼리올라 옮김

문학동네

일러두기

각주는 모두 옮긴이주입니다.

이 친구는 마티입니다. 전형적인 핀란드 사람이죠.
핀란드 사람들이 대개 그렇듯 마티도 평화로움과 조용함,
개인 공간을 소중하게 생각합니다.
그리고 최선을 다해 다른 사람들을 배려하려고 합니다.
마티 자신도 다른 사람들에게 배려받고 싶으니까요.
그 배려란 개인 공간을 존중하는 것, 정중하게 행동하고
불필요한 대화로 서로를 방해하지 않는 것 등을 말하지요.

물론 짐작하셨겠지만, 일이 항상 그렇게,
바라는 대로 되지는 않지만요.

이 책에 실린 마티의 상황들에 당신도 곤란함을 느낀다면,
당신 안에 작은 마티가 살고 있을지 몰라요.

핀란드에서 온 마티

핀란드인으로 살아간다는 것

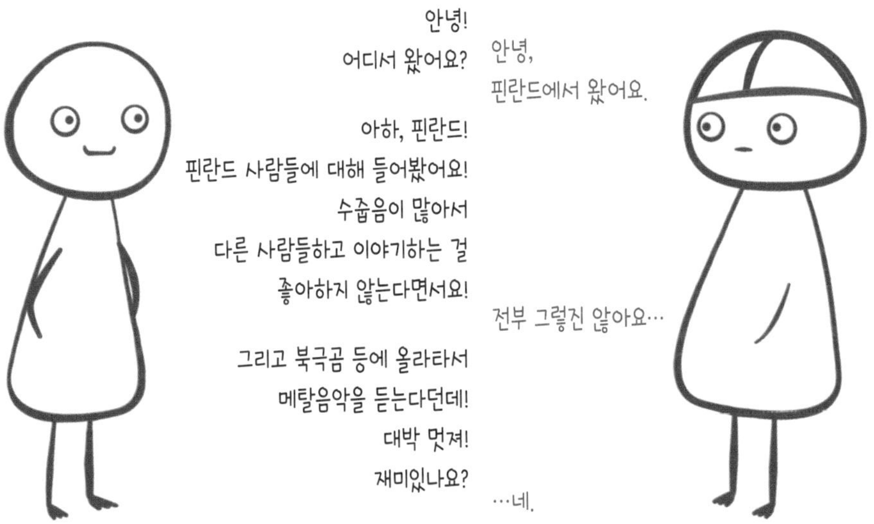
안녕!
어디서 왔어요?
안녕,
핀란드에서 왔어요.
아하, 핀란드!
핀란드 사람들에 대해 들어봤어요!
수줍음이 많아서
다른 사람들하고 이야기하는 걸
좋아하지 않는다면서요!
전부 그렇진 않아요…
그리고 북극곰 등에 올라타서
메탈음악을 듣는다던데!
대박 멋져!
재미있나요?
…네.

누군가 핀란드에 대한 고정관념을 너무 진지하게 받아들일 때.

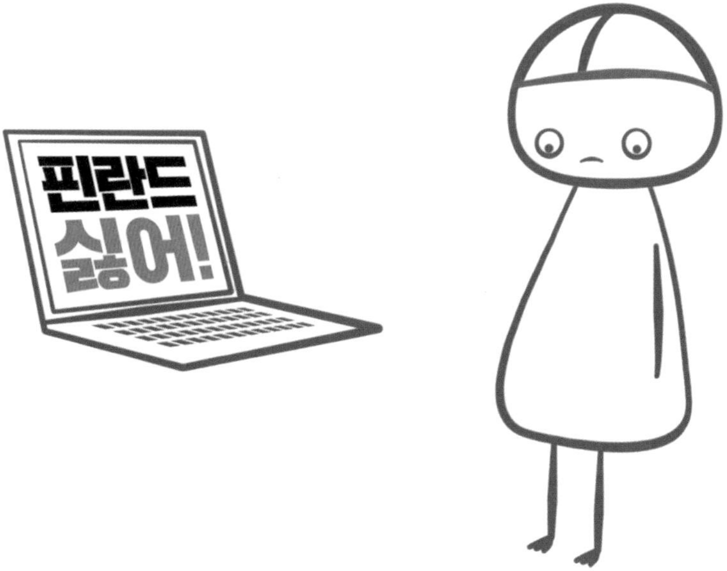
핀란드
싫어!

어딘가의 누군가가 어떤 이유로
핀란드를 좋아하지 않는다는 걸 알게 되었을 때.

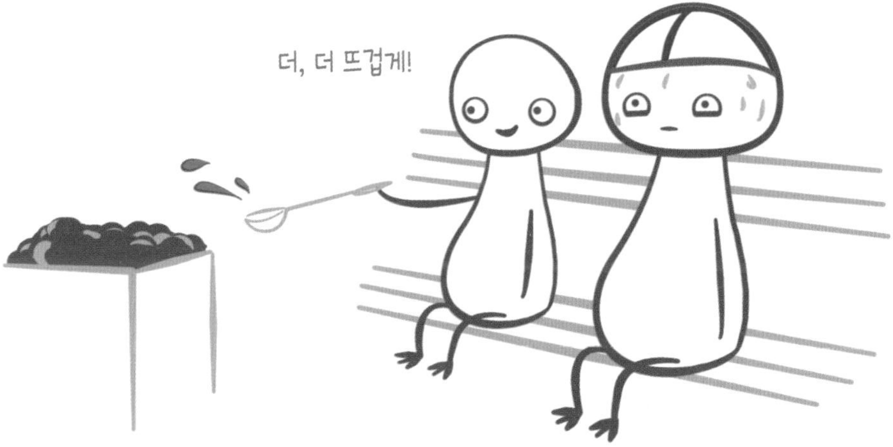
더, 더 뜨겁게!

누군가 묻지도 않고 사우나 스토브에 물을 더 부을 때.

핀란드의 진실:

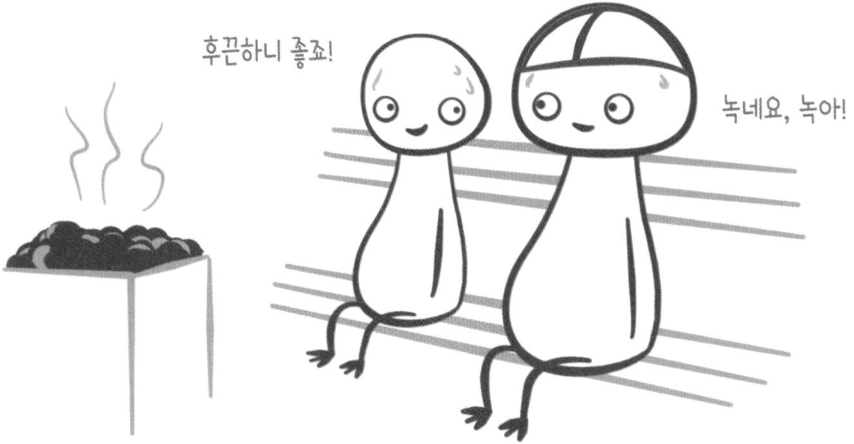
후끈하니 좋죠!
녹네요, 녹아!

가장 내성적인 핀란드 사람도 사우나 안에서는
수다쟁이가 된다.

핀란드에서 온 마티

이웃과 살아간다는 것

외출하고 싶은데,
복도에 이웃이 있을 때.

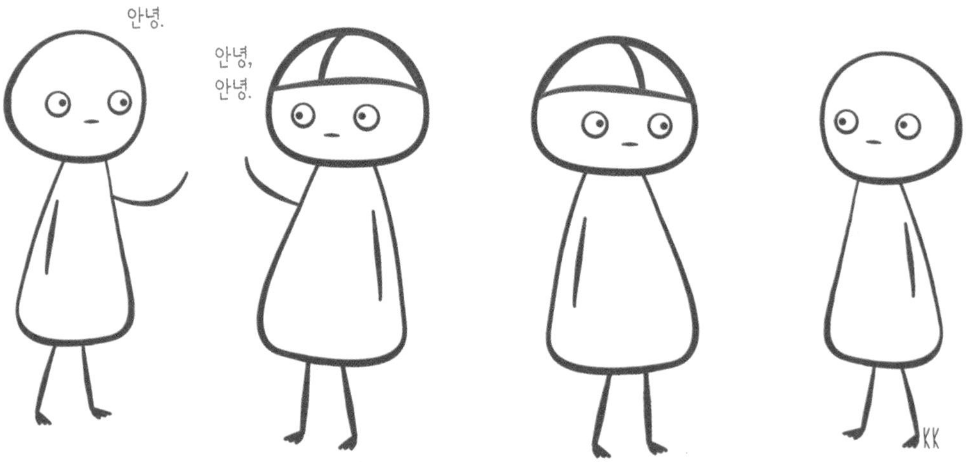
안녕.
안녕,
안녕.
KK

아주 잠깐 사이에 이웃과 자꾸 마주칠 때.

낯선 사람과 엘리베이터를 같이 탔을 때.

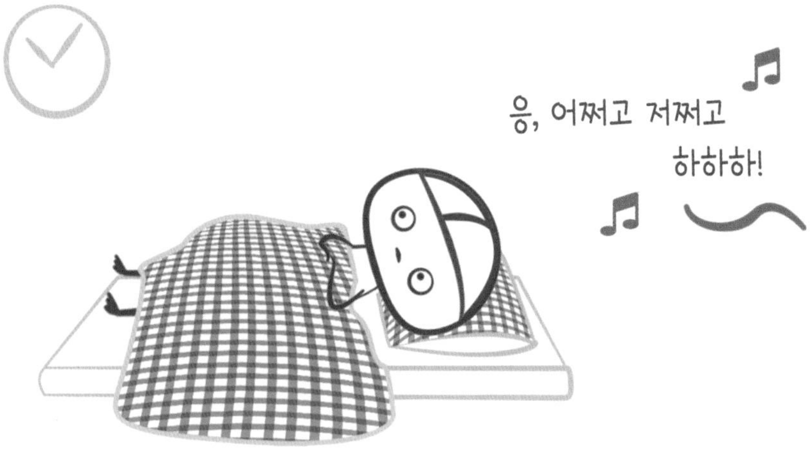
응, 어쩌고 저쩌고
하하하!

밤 열시가 넘도록 이웃에서 소음이 들릴 때.

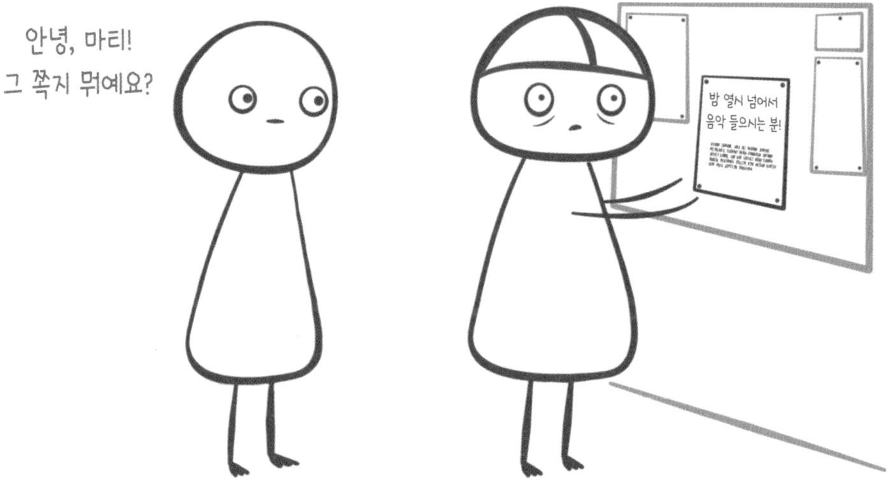
안녕, 마티!
그 쪽지 뭐예요?
밤 열시 넘어서
음악 들으시는 분!

게시판에 익명으로 쪽지를 붙이다 걸렸을 때.

웬 아이가 당신에게 핼러윈 사탕을 달라고 할 때.*

* 핀란드에서는 핼러윈을 거의 기념하지 않는다.

핀란드에서 온 마티

공공장소에서

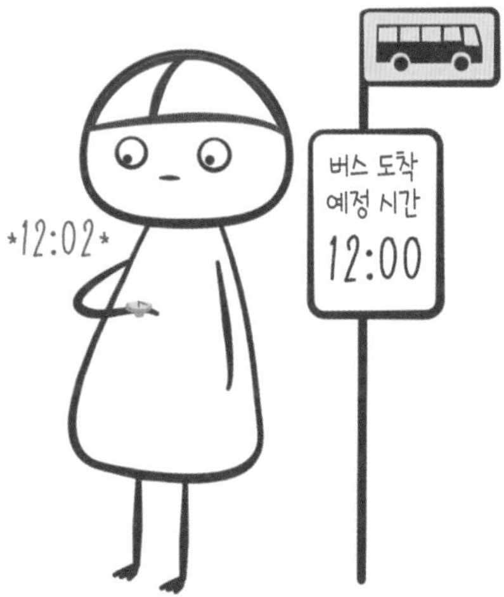
12:02
버스 도착
예정 시간
12:00

버스가 늦을 때.

버스 기다리는 줄에서 누군가 너무 가까이 붙어설 때.

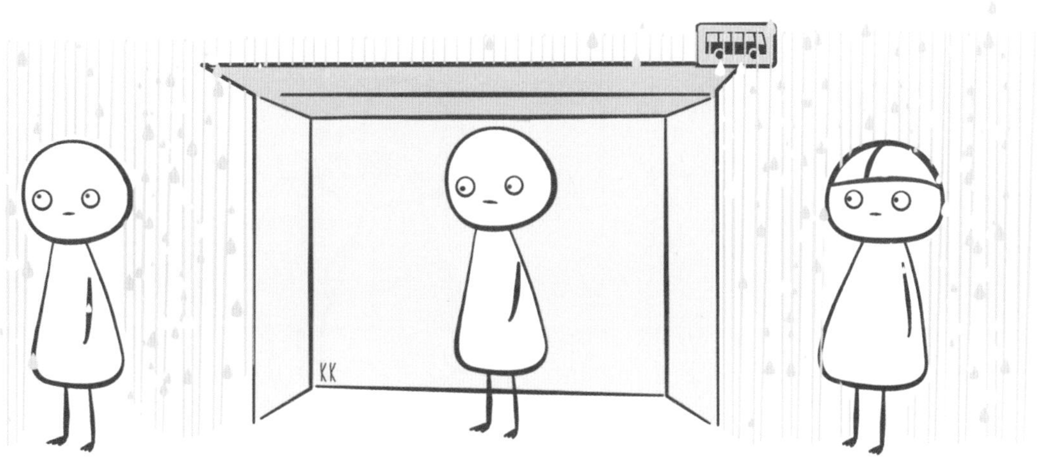

비가 억수같이 쏟아지는데, 정류장을 누가 이미 차지하고 있을 때.

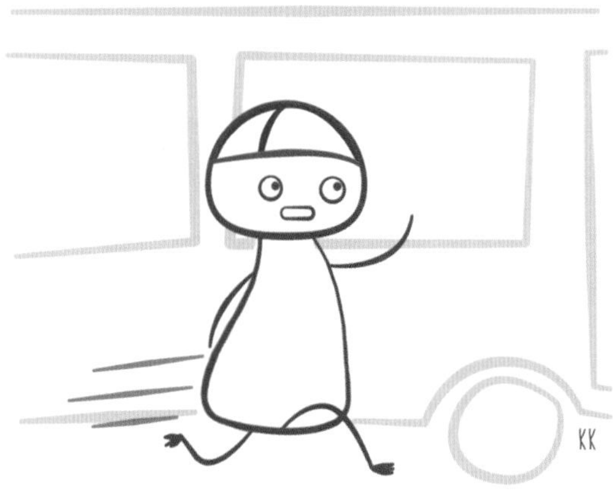

전력 질주해서 버스를 잡아탔는데…

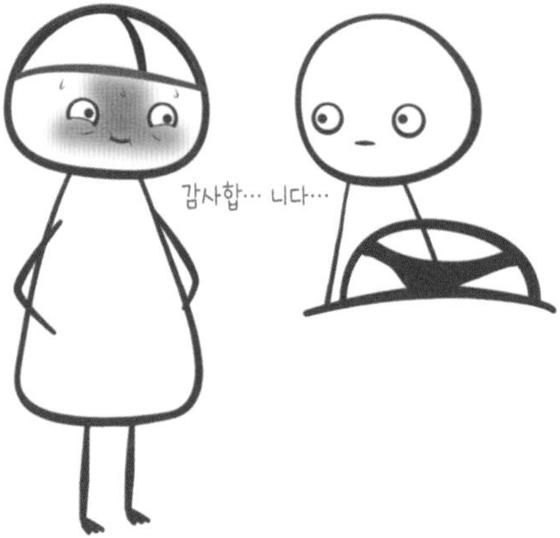
감사합… 니다…

…전혀
숨차지 않은 척할 때.

버스를 잘못 세웠다는 걸
깨달았지만…

…타는 수밖에
없다고 느낄 때.

그렇게 탄 버스가 '만석'*일 때.

* 반만 차 있어도 다 찼다고 느끼는 핀란드인의 시각.

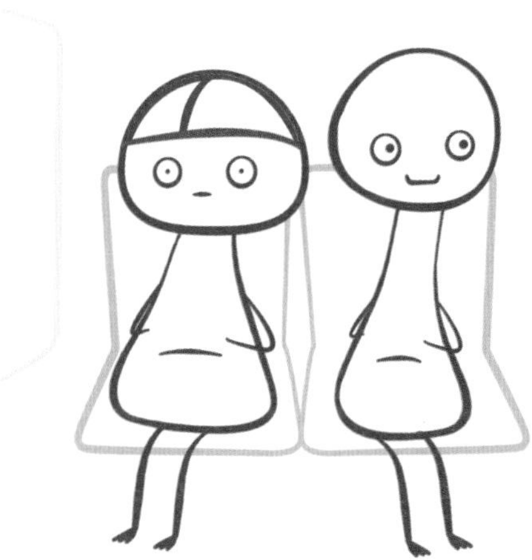

버스에서 누군가
당신 옆자리에 앉아서는…

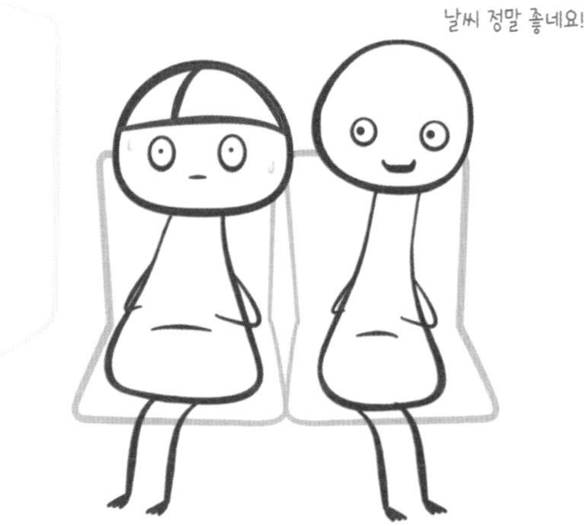
날씨 정말 좋네요!

…말을 걸어오기 시작할 때.

당신 옆자리 사람이
다른 빈자리로 옮길 때…

…그리하여
내가 뭘 잘못했나? 싶어질 때.

당신도 빈자리를 봤지만, 옆사람 때문에
자리를 옮긴다고 생각하게
만들고 싶진 않을 때.

창가 쪽에 앉아 가다 내려야 하는데,
옆사람을 귀찮게 하고 싶진 않을 때.

하차 버튼이 작동하지 않을 때…

…그리하여 기사님에게
내려달라고 소리쳐야만 할 때.

꽉 들어찬 승객들 속에서, 누구도 귀찮게 하고 싶지 않을 때.

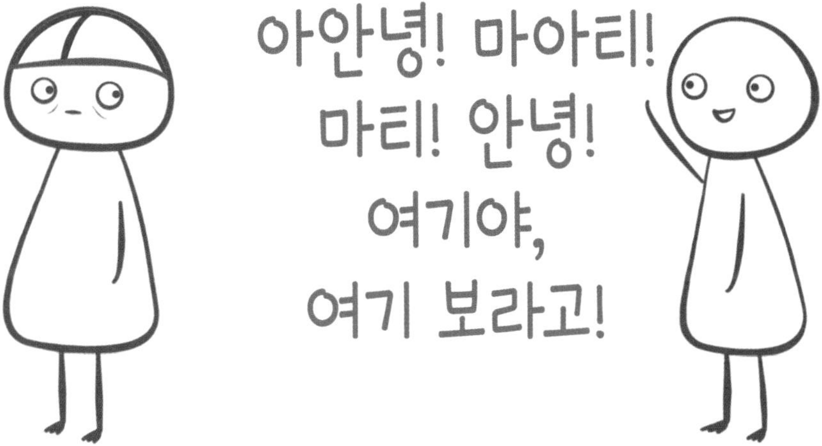
아안녕! 마아티!
마티! 안녕!
여기야,
여기 보라고!

공공장소에서 누군가 큰 소리로 당신을 부를 때.

영화 시작 직전에 들어갔는데
예매한 자리가 한가운데였을 때.

넘어지는 당신을
누군가 봐버렸고…

다쳤어요?
구급차 부를까요?
아뇨, 저는 완벽하게 괜찮아요.

…그 사람이 다가와
괜찮으냐고 물어볼 때.

핀란드에서 온 마티

쇼핑할 때

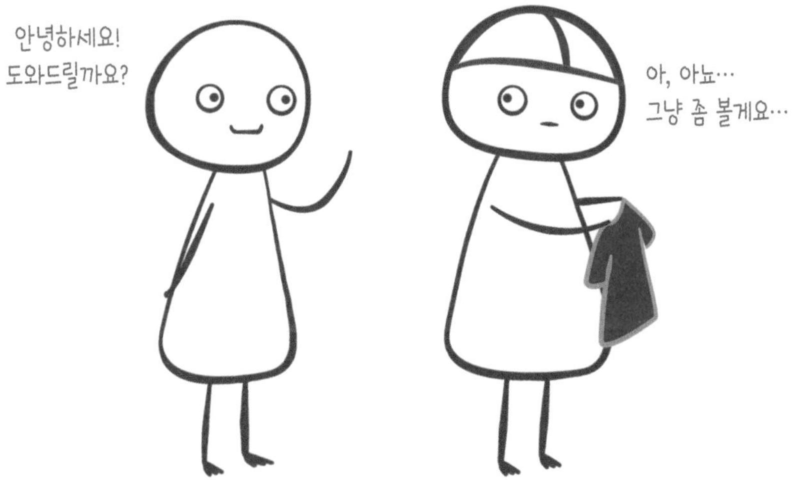
안녕하세요!
도와드릴까요?
아, 아뇨…
그냥 좀 볼게요…

판매원이 도움이 필요하냐고 물어올 때.

필요 없다고 말해버렸는데,
사실은 도와주었으면 싶을 때.

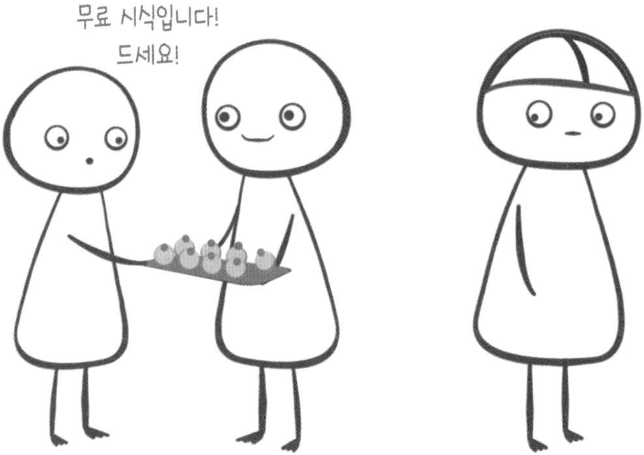
무료 시식입니다!
드세요!

시식은 하고 싶지만,
판매원과 말을 섞고 싶진 않을 때.

누군가 새치기로 끼어들 때.

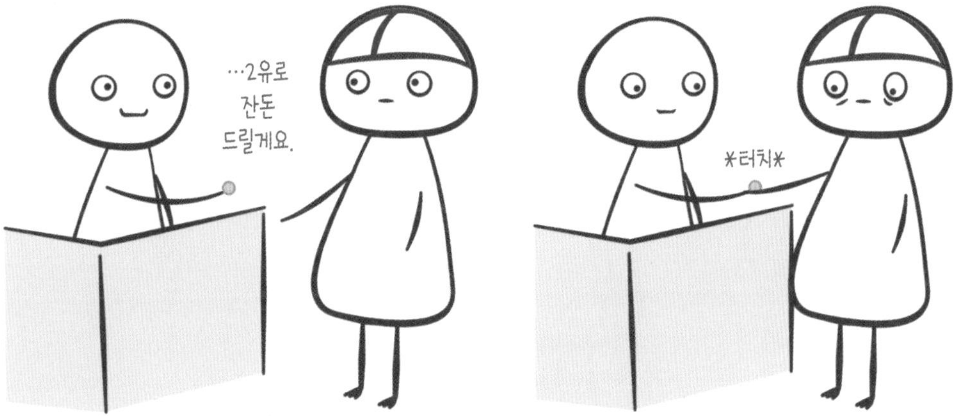
…2유로
잔돈
드릴게요.
터치

판매원이 실수로 당신을 만졌을 때.

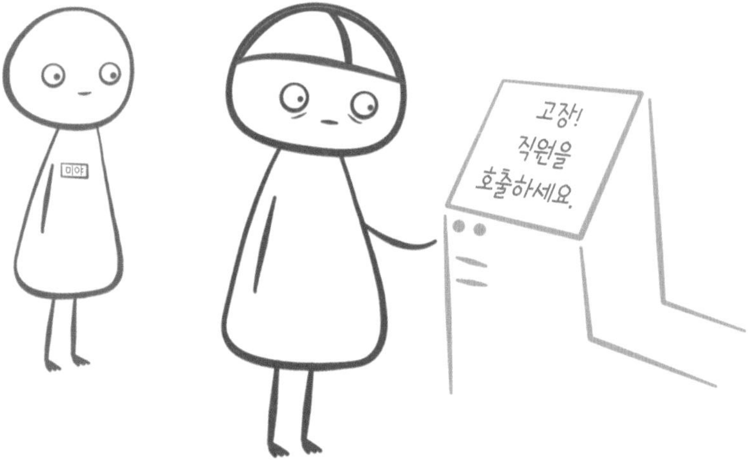
미야
고장!
직원을
호출하세요.

무인 계산대가 작동하지 않을 때.

그럼,
이만!
감사합니다.
안녕히 가세요!
…으아,
화장지!
슈퍼
마켓

사려던 것을 깜빡하는 바람에
방금 나온 그 가게에 다시 가야 할 때.

핀란드에서 온 마티

먹고 마시는 일

커피가 똑 떨어졌을 때.

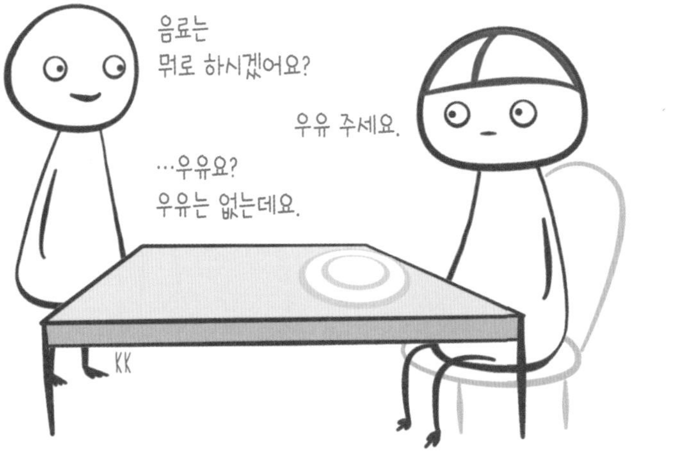
음료는
뭐로 하시겠어요?
우유 주세요.
…우유요?
우유는 없는데요.
KK

저녁 먹으러 간 식당에서 우유는 없다고 할 때.

접시까지 싹싹 비웠는데
초대한 집주인이 자꾸만 더 먹으라고 권할 때.

드시고 가세요?
아니면
포장인가요?
네.
포장이요?
네에…
KK

양자택일 질문에 '네'라고 대답하는 바람에,
다시 고쳐 말하기가 곤란할 때.

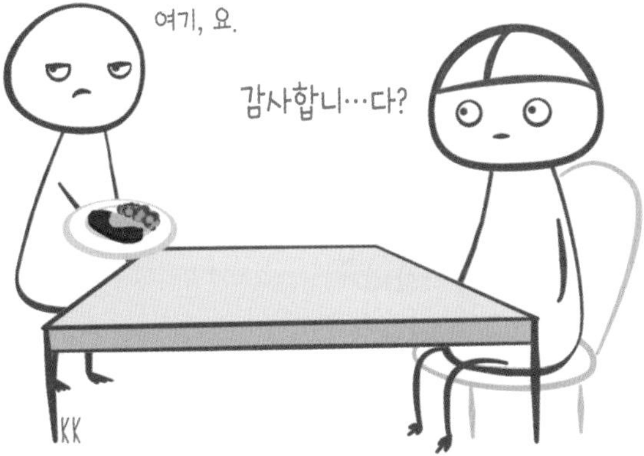
여기, 요.
감사합니…다?
KK

서비스가 엉망일 때…

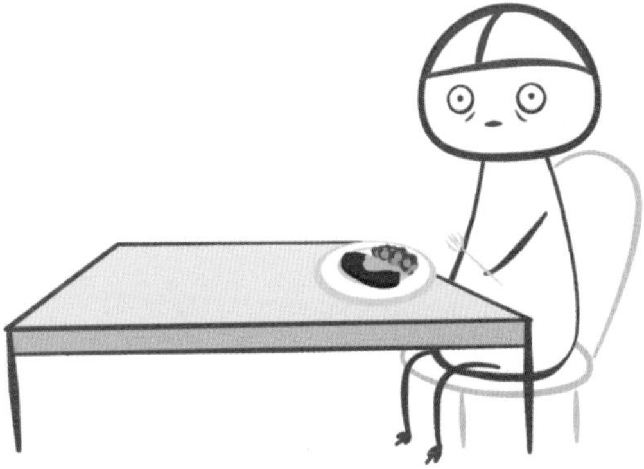

…그리하여
내가 뭘 잘못했나? 싶어질 때.

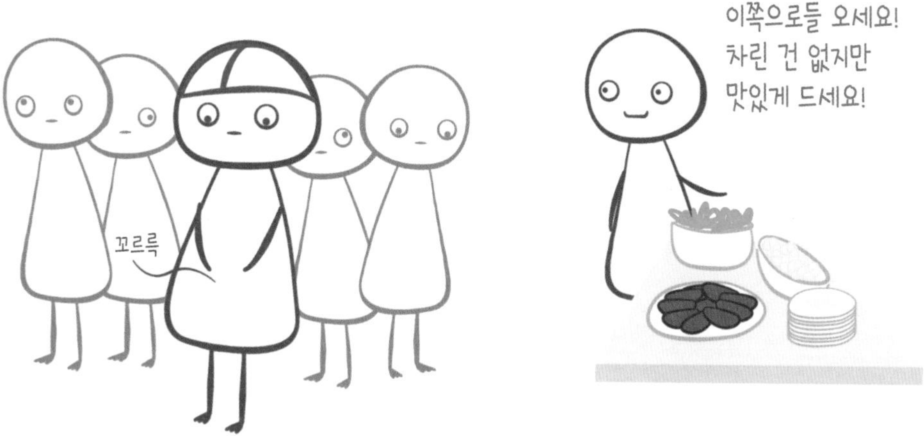
꼬르륵
이쪽으로들 오세요!
차린 건 없지만
맛있게 드세요!

배가 고파 현기증이 나는데,
아무도 먼저 먹을 생각을 하지 않을 때.

마지막 케이크 한 조각, 모두가 먹고 싶어하면서도
나서는 사람이 없을 때.

이런! 헤헤! 마티!
아몬드 넣는 걸 깜빡했네!
아몬드도 없는데
남은 걸 계속
먹고 있었구나!

크리스마스 포리지*에 아몬드가 없을 때.

* 핀란드에서는 크리스마스 전통으로 쌀, 보리, 귀리 등을 끓여 만든 포리지에 아몬드를 넣는다.
포리지를 여럿이 함께 먹다가 아몬드를 찾는 사람에게 행운이 온다고 여긴다.

이건
…똥인가요?

당신이 내놓은 멤미*를 보고 누군가 장난이라고 생각할 때.

* Mämmi, 호밀과 맥아를 혼합하여 만든 핀란드의 전통적인 부활절 디저트.
갈색을 띠며, 꾸덕꾸덕하거나 걸쭉한 형태이다.

핀란드에서 온 마티

인간관계

낯선 사람이 당신 눈을
빤히 보다가…

…씨익 웃을 때.

아는 사람이긴 한데,
아는 척을 할 만큼 친한지 확신이 안 들 때.

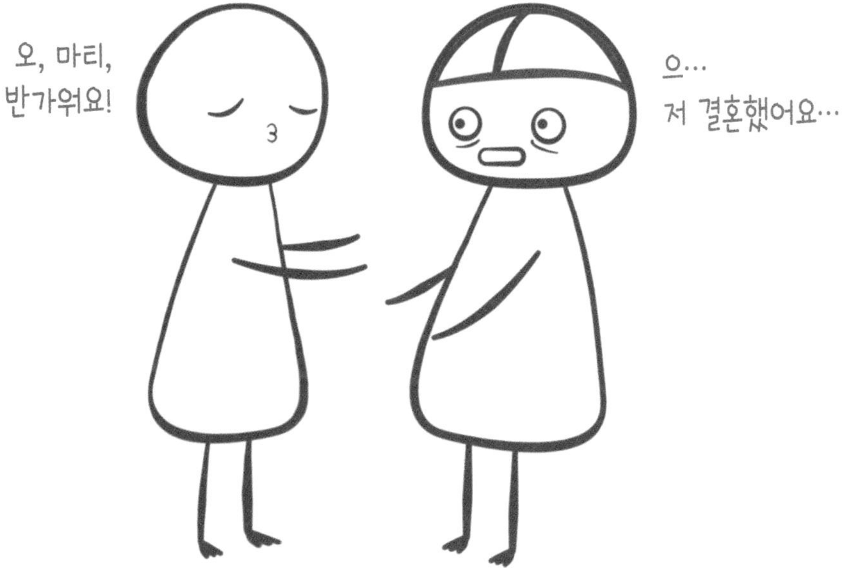
오, 마티,
반가워요!
으…
저 결혼했어요…

별로 친하지도 않은데 키스나 포옹으로 인사하려 할 때.

핀란드의 진실:

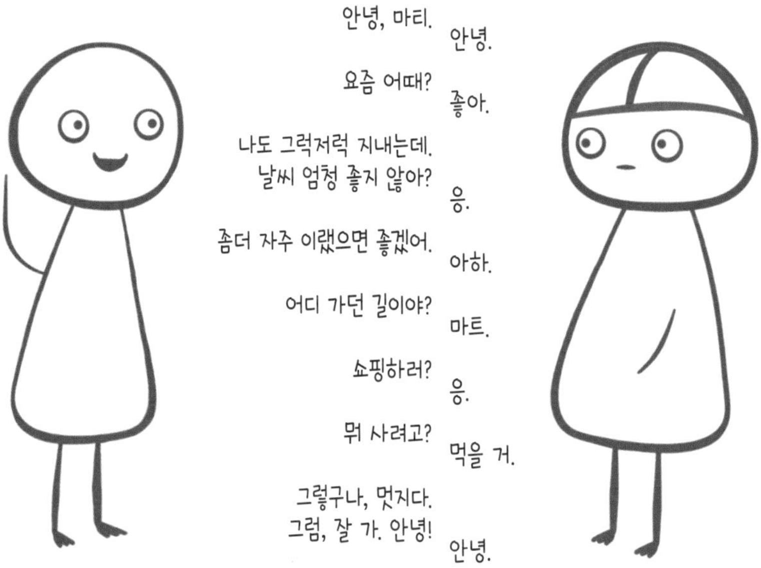
안녕, 마티.
안녕.
요즘 어때?
좋아.
나도 그럭저럭 지내는데.
날씨 엄청 좋지 않아?
응.
좀더 자주 이랬으면 좋겠어.
아하.
어디 가던 길이야?
마트.
쇼핑하러?
응.
뭐 사려고?
먹을 거.
그렇구나, 멋지다.
그럼, 잘 가. 안녕!
안녕.

핀란드식 '스몰 토크'

안녕, 마티!
오늘은 어땠어?
어디 보자,
아침 일곱시에 일어나서
커피를 내리고
애들을 학교에 보낸 뒤
미팅에 갔어.
그다음에는 점심을 먹었고
퇴근 후에는
애들을 학교에서
데려 왔지,
그리고…
정말로 나의 하루를
알고 싶었던 건 아니지? 응?

'스몰 토크'에 너무 진지하게 대답할 때.

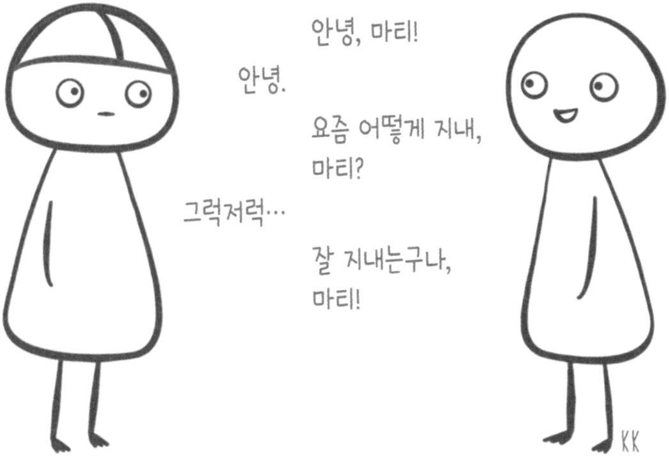
안녕, 마티!
안녕.
요즘 어떻게 지내, 마티?
그럭저럭…
잘 지내는구나, 마티!
KK

누군가 말끝마다 당신 이름을 부를 때.

안녕, 마티! 오랜만이야!
잘 지내?
응.

아무리 아는 사이라지만
너무 가까이 다가와 말할 때…

거 참 반가운 소리네, 마티!
KK

…그러다 당신을
무심코 만질 때.

어쩌고
어쩌고
저쩌고
저쩌고
그래
내 말이!
맞아!
하하하!
어쩌고
어쩌고
저쩌고
어쩌고
저쩌고
어쩌고

인내심을 가지고, 말할 차례를 기다릴 때.

커피 감사합니다. 제가 내일 갚을게요.
아니에요! 2유로밖에 안 하는걸요.
그래도, 내일은 꼭 제가 사드릴게요.

상대방은 괜찮다고 하는데, 혼자 빚진 것 같을 때.

이력서
잘 봤습니다.
당신의 장점이
무엇인지
직접 설명해줘도 좋겠어요.
특별히 자신 있는 게
뭔가요?
으…
KK

나 자신을 스스로 칭찬해야 할 때.

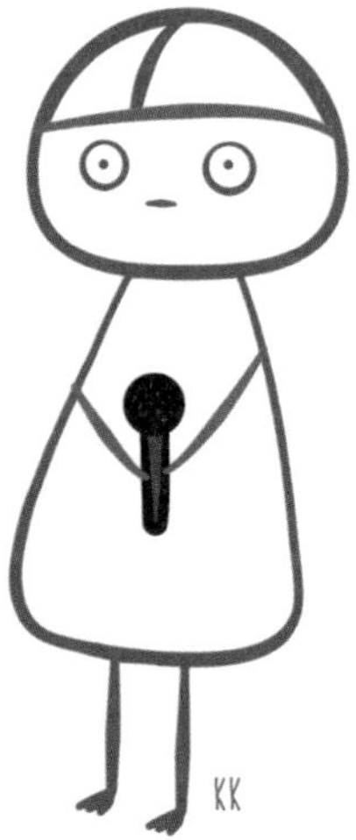

청중 앞에서 말해야 할 때.

누군가 잘못된 행동을 하는 걸 봤는데,
집요하게 쳐다보는 것만으로는 막을 수 없을 때.

핀란드에서 온 마티

일러에서

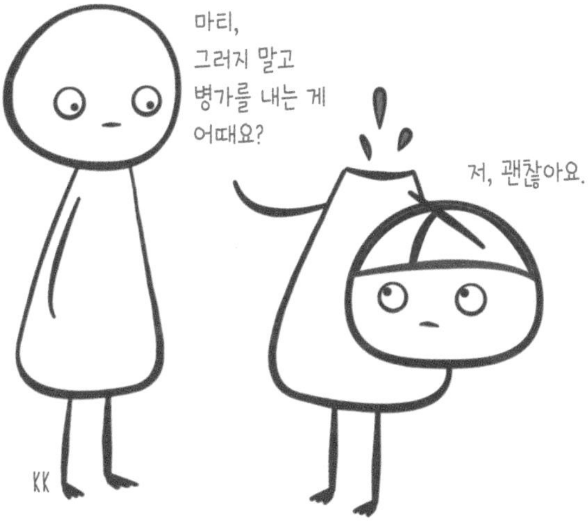
마티,
그러지 말고
병가를 내는 게
어때요?
저, 괜찮아요.
KK

아프지만, 게을러 보이고 싶진 않아서
출근할 때.

와우, 금요일이 돌아왔네. 혹시 무슨 계획 있어요?
특별한 건 없어요… 미안하지만, 제가 지금 바쁘네요.
아, 오케이, 즐거운 주말 보내요.
님도요…
KK
KK

직장 동료가 당신과 수다를 떨고 싶어하는데
바쁜 척을 해야 할 때.

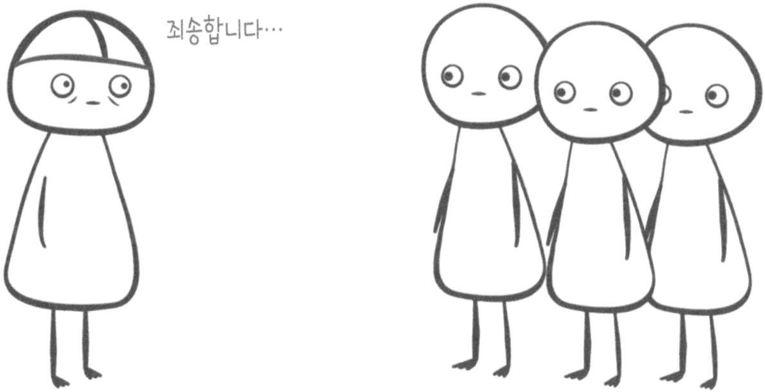
죄송합니다…

미팅에 늦었는데
모두가 일제히 당신을 쳐다볼 때.

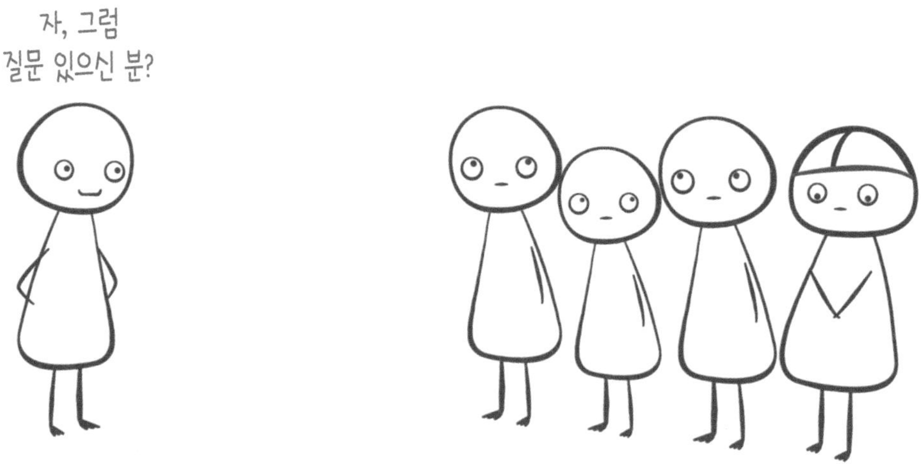
자, 그럼
질문 있으신 분?

너무너무 궁금한 게 있지만
주목받고 싶진 않을 때.

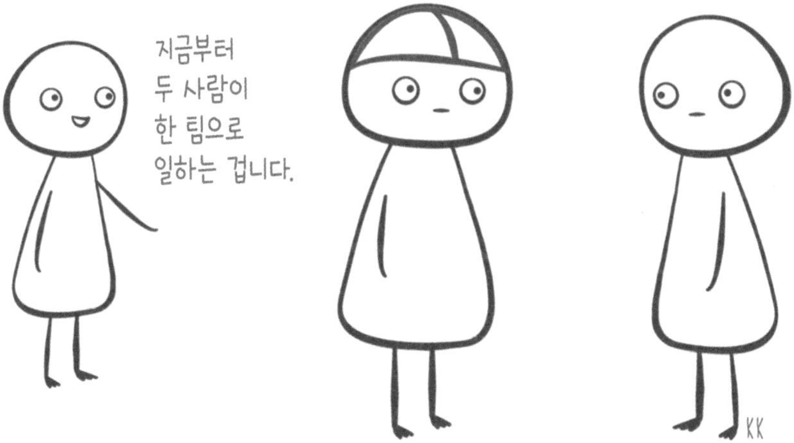
지금부터
두 사람이
한 팀으로
일하는 겁니다.
KK

생판 모르는 사람과 한 팀이 됐을 때.

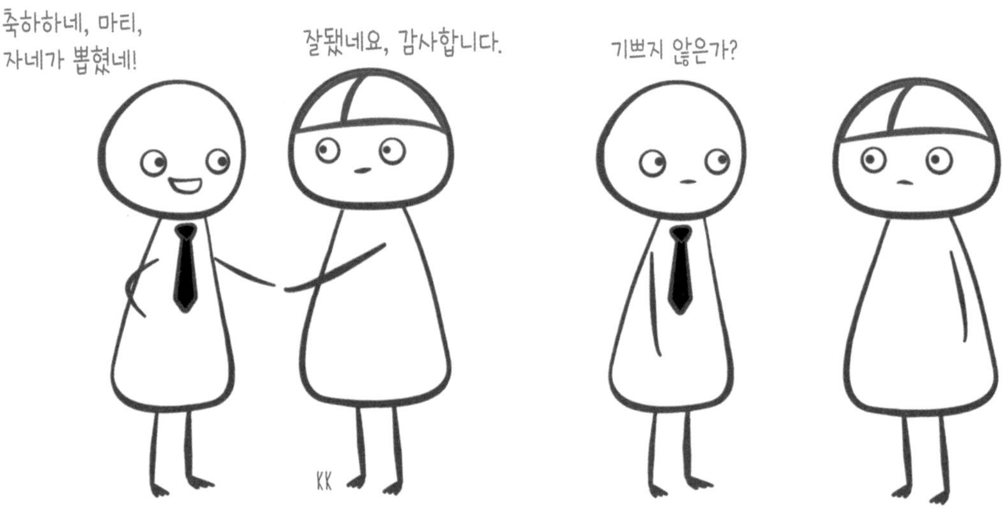
축하하네, 마티,
자네가 뽑혔네!
잘됐네요, 감사합니다.
기쁘지 않은가?
KK

당신의 흥분된 감정을 표현하는 데 실패했을 때.

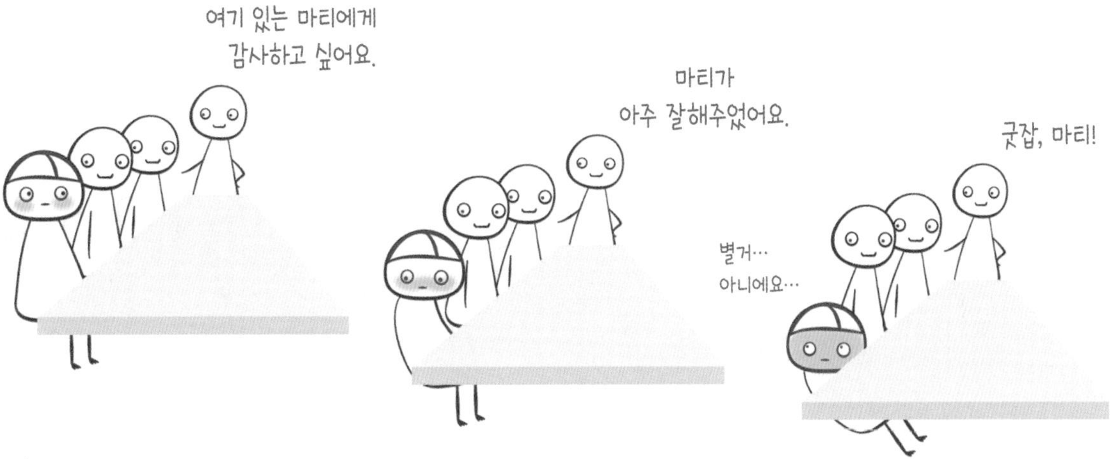
여기 있는 마티에게
감사하고 싶어요.
마티가
아주 잘해주었어요.
별거…
아니에요…
굿잡, 마티!

(공개적으로) 칭찬을 받을 때.

핀란드 사람들의 백일몽

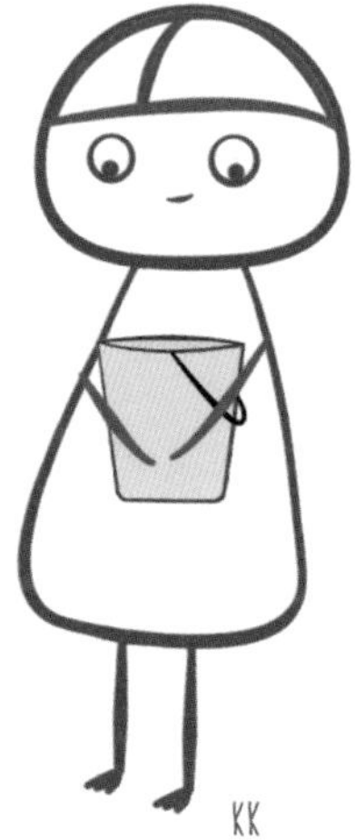

무언가를 (양동이 하나일지라도) 공짜로 받아보기.

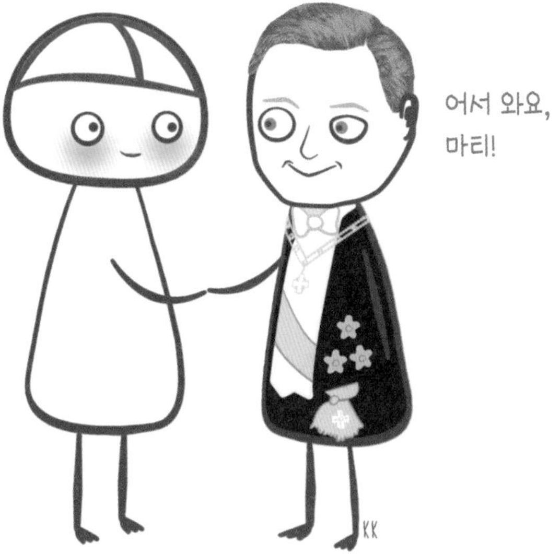
어서 와요,
마리!
KK

'독립기념일'에 대통령에게 초대받기.

침묵.

텅 빈, 넘쳐나는 버스 자리들.

감사합니다!

미카, 나의 사랑하는 남편, 언제나 내가 굳건히 서 있을 수 있게 해주어 고맙습니다.
거친 비즈니스 세계에서 나의 수호천사와 같은 칼리드 버,
제 만화가 인기를 얻어 퍼져나가기 시작했을 때 제게 결정적인 조언을 아끼지 않았던
조엘 윌런스와 줄리엔 보렐에게 감사합니다.

작품에 대해 제가 쉬지 않고 말할 때,
인내심을 가지고 귀기울여준 모든 분들께 고맙습니다.

무엇보다도, 제 만화를 공유해주시고 댓글로 호응해주신
모든 훌륭한 독자분들께 감사드리고 싶습니다.

여러분이 아니었다면, 마리는 없었을 거예요.

핀란드 사람들의 미소란

보기 드물지만 진실한 것.

핀란드에서 온 마티
소심한 개인주의자를 위한 소설 가이드 1

초판 인쇄 2019년 1월 21일 | 초판 발행 2019년 1월 31일

글·그림 카롤리나 코로넨 | 옮긴이 페트리 칼리올라 | 펴낸이 염현숙

기획 김지영 | 책임편집 이현정 | 편집 고선향 박인숙
디자인 윤종윤 엄자영 | 저작권 한문숙 김지영
마케팅 정민호 정진아 함유지 김혜연 박지영 김수현 | 홍보 김희숙 김상만 이천희
제작 강신은 김동욱 임현식 | 제작처 인쇄 영신사 제본 신안제책사

펴낸곳 (주)문학동네
출판등록 1993년 10월 22일 제406-2003-000045호
주소 10881 경기도 파주시 회동길 210
전자우편 editor@munhak.com | 대표전화 031) 955-8888 | 팩스 031) 955-8855
문의전화 031) 955-8862(마케팅) 031) 955-2652(편집)
문학동네카페 http://cafe.naver.com/mhdn | 트위터 @munhakdongne
북클럽문학동네 http://bookclubmunhak.com

ISBN 978-89-546-5479-1 04850
978-89-546-5478-4 04850 (세트)

www.munhak.com